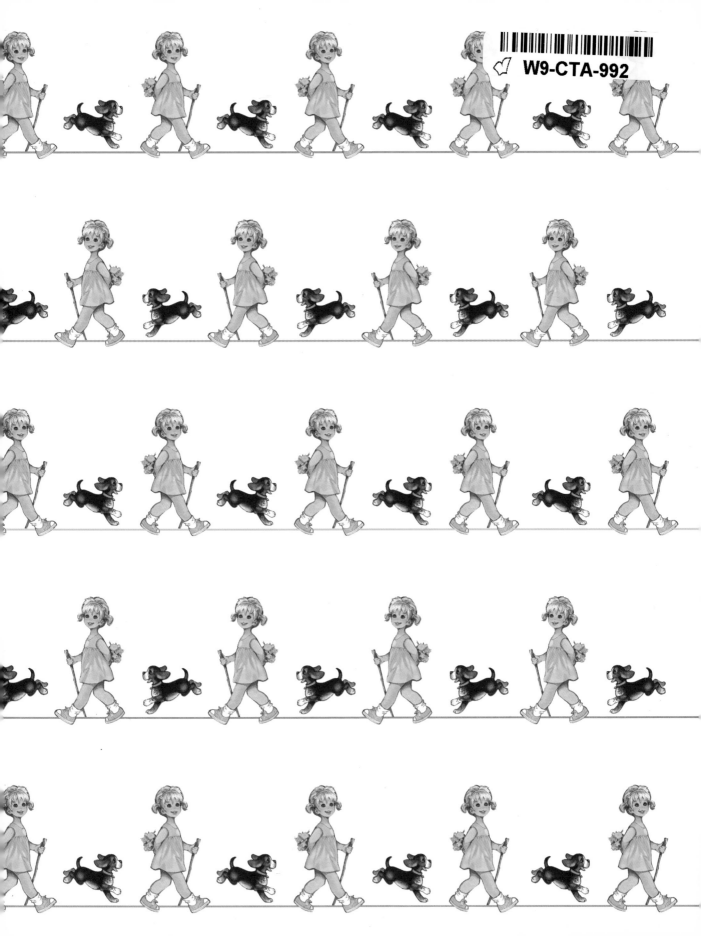

Coralie

et sa cousine

Illustrations de Pierre Couronne
Scénario et texte de
Brigitte Yerna

Editions HEMMA

Quand Coralie rentre de l'école aujourd'hui, papa lui annonce une fameuse nouvelle : la visite de sa cousine. Elle s'appelle Laura, et comme ses parents partent en voyage, elle séjournera ici quatre jours.
– Ces dessins lui plairont-ils? s'interroge Coralie.

Coralie est impatiente de connaître sa cousine :
Laura a l'air très sympathique sur la photo envoyée.

Coralie est fort occupée ces jours-ci : elle prépare
avec ardeur l'arrivée de sa cousine inconnue. Elle
range ses jouets, ses armoires, sa chambre. Les
poupées sont coiffées et habillées soigneusement,
les crayons taillés et les jeux de table rassemblés.
— Ma cousine dormira avec moi quatre nuits : nous
lui installerons un lit à côté du mien, se réjouit Coralie.

Voilà, la chambre est impeccable. Coralie a aussi aidé maman à préparer un gâteau qui parfume la cuisine.
— Tu te rends compte, Minederien, comme nous allons nous amuser? dit Coralie. Laura a le même âge que moi. Elle habite loin d'ici : elle aura beaucoup à nous raconter. Ah! j'oubliais un détail important!
Et elle habille son chien d'un superbe nœud rouge.

Le jour prévu, papa va chercher Laura à la gare.
– Oh! Quel froid! se plaint Laura à son arrivée.
– Oui, c'est le début de l'hiver, répond Coralie.
– Tu n'es pas habituée au
froid? demande Coralie,
étonnée. Ici, nous attendons
la première neige.
Laura n'écoute pas et se
dépêche.

Au repas de midi, Laura n'a pas grand appétit et ne goûte même pas le gâteau de bienvenue. Elle n'a pas remarqué le nœud de Minederien. Elle est bien différente de la petite fille souriante de la photo.
— Je te présente mes deux poupées, Irma et Nathalie, dit Coralie à Laura qui déballe à présent sa valise.

Coralie veut continuer les présentations, mais Laura lui tourne le dos et elle murmure :
— J'ai apporté mon jeu de cartes. Les poupées ne m'intéressent pas. Je préfère jouer seule aux cartes.
— Ma cousine est bien dédaigneuse, pense Coralie.

– Laisse Laura se reposer, dit maman. Elle est triste de se trouver loin de ses parents. Elle désirait peut-être voyager avec eux! Minederien, lui, ne se plaint pas. Il a sa petite maîtresse pour lui seul : il l'entraîne au jardin pour une longue promenade.

Le soir, Laura semble toujours triste. Elle ne veut prendre part à aucun jeu. Coralie lui tend un ours en peluche pour la nuit, mais une fois de plus, Laura boude sa cousine :
– Non, merci, le lit est déjà assez petit.

Le lendemain matin, au réveil, Coralie regarde dehors et bat des mains.
— Le paysage est féérique sous la neige, dit Laura. Après avoir englouti leur déjeuner, les deux cousines s'habillent. Coralie prête gants et écharpe à Laura qui ne se trouve pas élégante.

Pour Minederien, la neige est aussi un spectacle nouveau. Il bondit, se roule, creuse et lèche. Non, ce n'est pas du lait! De nombreux enfants présents au rendez-vous hivernal jouent déjà.

— Viens, dit Coralie à Laura, je connais un endroit idéal pour descendre en luge. Attention au verglas! Nous devrons freiner.

Laura s'est
élancée du
haut de la
pente sans
écouter les
conseils de
sa cousine.
Coralie lui
crie du
haut :
— Sois
prudente,
Laura! C'est
très glissant.
Mais Laura
est bien loin
et descend à
toute allure
la prairie.
La course folle
se termine en
bas par une
jolie chute!

– Regardez, voilà un ours polaire! plaisante un garçon
en voyant Laura, couverte de neige, se relever.
Les moqueurs bombardent Laura de boules de neige.

– A deux, nous nous
défendrons mieux,
dit Coralie qui a
couru à l'aide de sa
cousine. Une joyeuse
partie s'engage.

Laura apprécie
l'aide de Coralie.
Ce sont à présent
deux amies qui
dévalent la piste à
toute vitesse avec
Minederien.

Laura et Coralie jouent toute la journée ensemble.
Elles font un bonhomme de neige géant dans le jardin.
– Cette écharpe le rendra plus sympathique, dit Laura.

Quelques jours plus tard, Laura doit refaire sa valise.
— Tu sais, dit-elle, je voulais partir avec mes parents,
mais ils ont eu une excellente idée de m'envoyer chez
toi. Ces quatre journées resteront un bon souvenir!
— Emporte ces dessins, dit Coralie en souriant, c'est pour
toi. Nous nous écrirons, n'est-ce-pas?

– Ma chambre me semblera
bien vide sans toi, dit
Coralie à l'heure du départ.
– La prochaine fois, dit
Laura, je t'inviterai chez
moi. J'habite près d'une
rivière. Nous irons pêcher et
nager. Je t'apprendrai.

– En route, nous
devons partir à
la gare, dit
papa.
– A bientôt, bon
voyage! crie
Coralie à Laura
qui agite son
mouchoir blanc
à la fenêtre de
la voiture.

ISBN: 2-8006-1513-3
N° d'impression : 13729307

Dépôt légal : 5.91/0058/1
Imprimé en Belgique

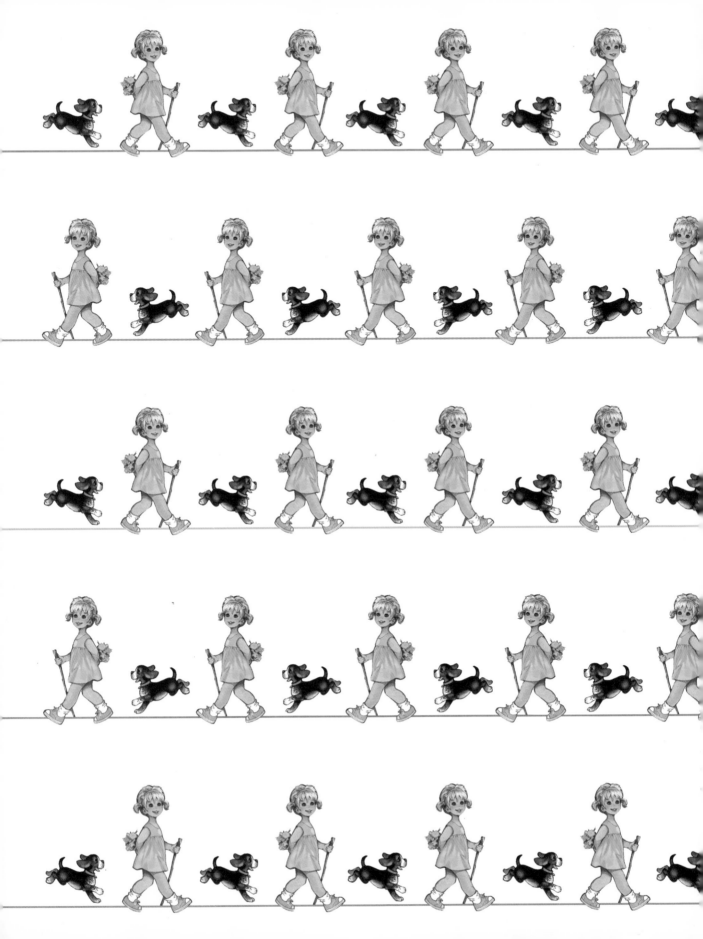